Sandrine,

la fée

d'Halloween

Pour Susan qui a toujours plus d'un tour
(d'Halloween) dans son sac.

Un merci spécial à Kristin Earhart

Catalogage avant publication de Bibliothèque
et Archives Canada

Meadows, Daisy
Sandrine, la fée d'Halloween / Daisy Meadows ;
texte français d'Isabelle Montagnier.

(L'arc-en-ciel magique)
Traduction de: Trixie the Halloween fairy.

ISBN 978-1-4431-2004-3

I. Montagnier, Isabelle II. Titre. III. Collection:
Meadows, Daisy. Arc-en-ciel magique.

PZ23.M454San 2012   j823'.92   C2012-902466-X

Édition publiée par les Éditions Scholastic,
604, rue King Ouest, Toronto (Ontario) M5V 1E1

5 4 3 2 1   Imprimé au Canada 116   12 13 14 15 16

MIXTE
Papier issu de
sources responsables
FSC® C011825
www.fsc.org

Sandrine,
la fée
d'Halloween

Le palais
du Royaume
des fées

La maison-
champignon

de
Sandrine

La chaumière

Le champ
de citrouilles

La ville de
Combourg

La place
centrale

Rue principale

Costumes,
chaudrons
et
créations

Le château de glace
du Bonhomme
d'Hiver

La maison
de Rachel

La maison
hantée

La maison
des Laflamme

Le terrain de jeu

Le parc du
Coup de vent

Sandrine,
la fée
d'Halloween

À la recherche de la barre de chocolat

Je suis le Bonhomme d'Hiver et j'ai préparé
de vilains tours pour les humains du monde entier.
Le soir d'Halloween, toutes leurs friandises délicieuses
disparaîtront dans des circonstances mystérieuses.

Partout où mes gnomes rusés apparaîtront,
les friandises magiques se volatiliseront.
Tous les enfants auront très peur.
Finies la joie et la bonne humeur!

**Dans les illustrations de ce livre, retrouve
les 12 lettres dissimulées dans des petites citrouilles,
puis remets-les dans le bon ordre afin de former
un mot associé à Halloween.**

Table des matières

Bouton aboie   1

Chaos au magasin   11

Les trois friandises spéciales   23

À la poursuite des gnomes   33

La cachette de bonbons   45

Bouton aboie

— J'ai tellement hâte de te montrer nos ailes de fée, dit Rachel Vallée à sa meilleure amie, Karine Taillon, tandis qu'elles montent les escaliers pour se rendre dans la chambre de Rachel.

— Je suis impatiente de les voir, répond Karine. Ce sera si amusant de passer l'Halloween ensemble!

Karine reste chez Rachel pour la fin de semaine d'Halloween, car ses parents sont partis à un mariage. Les deux fillettes vont se déguiser en fées pour Halloween. Elles échangent un sourire. Rachel soulève le couvercle d'une boîte de rangement. À l'intérieur se trouvent deux paires d'ailes scintillantes : une paire rose pâle et une autre mauve.

— Oh! Rachel, on dirait qu'elles sont vraies! s'écrie Karine avec un air entendu.

Comme les fillettes sont amies avec les fées, elles savent exactement à quoi ressemblent les vraies ailes de fées!

Rachel et Karine se sont rencontrées alors qu'elles étaient en vacances avec leurs parents sur la magnifique Île-aux-Alizés. Les fées de l'Arc-en-ciel avaient été chassées de leur royaume par le méchant Bonhomme d'Hiver. Les deux amies les ont aidées à regagner le Royaume des fées et, depuis, elles ont prêté secours à beaucoup d'autres fées.

Maintenant, le roi et la reine du Royaume des fées s'adressent toujours à elles quand le Bonhomme d'Hiver se met à jouer de mauvais tours.

— Je vais essayer les miennes, dit Karine en soulevant délicatement une paire d'ailes scintillantes.

À ce moment-là, les fillettes entendent un aboiement sonore. Bouton, l'adorable chien de berger de Rachel, se précipite dans la chambre. Il bouscule Karine, court à la fenêtre et piétine la boîte de rangement au passage.

— Bouton! s'écrie Rachel en voyant les costumes voler dans les airs.

Bouton ne cesse
d'aboyer après
quelque chose dehors.
Puis il se tourne vers
Rachel et gémit.

— Qu'est-ce qu'il y
a mon chien? demande
Rachel inquiète.

— Oh! Il y a un chaton
dans l'arbre, dit Karine en montrant la
fenêtre.

Le petit chat est noir du museau à la
queue.

— C'est bizarre, remarque Rachel.
D'habitude, Bouton adore les chats.

Maintenant, le gros chien de berger donne
des coups de patte sur la vitre.

— Crois-tu que le chaton est coincé?
demande Karine. Il a peut-être besoin d'aide.

Mais le petit chat noir bondit sur une branche tout près. Il passe lentement devant la fenêtre et semble regarder Bouton et les fillettes droit dans les yeux avant de détaler.

Bouton pousse un petit jappement, puis sort en courant de la pièce et dévale les escaliers.

— Très bizarre, dit Rachel en riant.

Karine hoche la tête, puis pousse un cri.

— Oh non! Regarde nos costumes!

Rachel se penche et ramasse ses ailes. Le tissu délicat est déchiré. Les ailes de Karine sont dans le même état.

— C'est sans doute arrivé quand Bouton
est entré ici en courant. Ses griffes sont si
pointues!

— Mais ce n'est pas tout, dit Karine en
jetant un coup d'œil autour d'elle. On dirait
que les paillettes sont tombées du tissu. Les
ailes ne brillent plus. Et il manque une
baguette!

— Je ne vois pas mon joli collant de fée non plus, ajoute Rachel.

Elle cherche dans toute la pièce. Elle regarde même sous son lit, puis elle s'assoit et soupire.

— Je pense qu'il se passe quelque chose de mystérieux ici, dit Karine.

— Mystérieux ou magique? murmure Rachel.

Les yeux de Karine s'illuminent. Elle espère que son amie a raison!

— De toute façon, nous allons devoir trouver d'autres costumes de fées.

— Allons chercher des fournitures au
magasin de costumes, suggère Rachel. Il ne
reste plus que deux jours avant Halloween!

Chaos au magasin

Rachel et Karine dressent une liste des choses qu'elles doivent acheter au magasin de costumes. Elles prennent leur sac, puis Rachel dit à sa mère où elles vont faire leurs achats.

Tout en marchant, les fillettes discutent de ce qui a bien pu arriver à leurs costumes.

— C'est bizarre, dit Karine. Je me

souviens d'avoir vu deux
baguettes dans la boîte.

Rachel hausse les épaules.

— Je ne sais pas, mais
je suis sûre que nous allons
trouver tout ce qu'il nous
faut au magasin Costumes, chaudrons et

créations. C'est le meilleur magasin d'articles
d'Halloween. Je connais la propriétaire, Mme
Blais. Elle a toutes sortes d'accessoires de fées.

Les fillettes se dirigent vers le centre-ville.
Le soleil brille et l'air est vif et frais.

— C'est un vrai temps d'Halloween,
remarque Karine en sortant un foulard de sa

poche. Oh! regarde!
On dirait une
maison hantée!

Rachel sait
exactement de
quelle maison
son amie parle. Il
s'agit d'un vieux
manoir victorien
à trois étages, aux
nombreuses fenêtres
et au porche
majestueux. Il se
trouve au bout d'une longue allée bordée
d'arbres tordus.

— Ne t'inquiète pas, Karine, dit Rachel.
C'est seulement une vieille maison inoccupée
depuis longtemps. On raconte qu'elle est
hantée, mais ce n'est pas vrai.

Sauf qu'au même
moment, Rachel croit
voir quelqu'un passer
devant une fenêtre du
troisième étage.

— Karine! s'exclame-t-elle.

La silhouette disparaît avant que Rachel
ait eu la chance de dire quoi que ce soit.

— Oh… rien, poursuit-elle.

Elle se dit qu'elle a dû se méprendre, bien
qu'elle ne pense pas avoir imaginé tout ça.

Quand elles arrivent sur la place centrale,
les fillettes remarquent que beaucoup
d'autres personnes se dirigent vers le magasin
de costumes.

— C'est toujours très occupé à cette
période de l'année, explique Rachel en
ouvrant la porte.

Mais elle pousse un cri de surprise en
voyant les gens dans le magasin bondé. Il y

a des parents et des enfants partout et ils ont tous l'air contrariés. Au comptoir des retours, une longue file de personnes s'étend.

Deux mères dans la file regardent dans leurs sacs et grognent :

— Le costume d'astronaute de mon fils avait des oreilles de lapin au lieu d'un masque à oxygène, se plaint la première en secouant la tête.

— J'ai acheté un costume
de ballerine, mais au lieu de
chaussons de danse, il y avait des
bottes de pompiers, réplique la
deuxième.

— On dirait que tous ces gens
ont acheté des costumes dont les
accessoires manquent ou ne sont pas
les bons, murmure Karine incrédule.

— Exact, répond Rachel.
Voilà Mme Blais.

Elle montre du doigt
une femme qui porte
un panier en osier,
mais la propriétaire
du magasin est
très occupée et ne
remarque pas les
fillettes. Elle fait
claquer sa langue
et regarde avec
inquiétude les
étagères en désordre.

Les deux amies se
dirigent vers l'arrière
du magasin. Tous les
clients ronchonnent.
Personne ne peut trouver
ce qu'il cherche. Les fillettes

passent devant un groupe de garçons qui fouillent dans des contenants de chapeaux et de perruques. Ils les essaient puis les jettent à la volée en poussant des grognements bruyants.

Ce n'est pas étonnant que le magasin soit si désordonné, pense Karine.

Rachel s'arrête soudainement.

— C'est ici que sont habituellement les articles de fées, dit-elle en montrant une tablette voisine, mais ils ne sont plus là.

— Et ce qui est là est tout mélangé, remarque Karine en montrant un masque de perroquet qui a une longue trompe d'éléphant au lieu d'un bec.

Elle ramasse ensuite un joli chapeau pointu de princesse qui a des serpents en plastique à langue rouge à la place de rubans.

— Beurk, déclare Rachel.

— Tu as bien raison, approuve une voix cristalline.

Dans un éclair d'étincelles en forme d'étoiles, une fée minuscule surgit de derrière le chapeau de princesse.

Elle est vêtue d'une ample minirobe orange ceinturée d'un large ruban noir et porte un collant noir et orange assorti. Un pendentif en forme d'étoile est suspendu à son cou et elle affiche un air espiègle.

— Vous devez être Rachel et Karine, dit-elle. Je suis Sandrine, la seule et unique fée d'Halloween et j'ai besoin de votre aide!

Les trois friandises spéciales

Rachel et Karine poussent une
exclamation de surprise. Elles regardent
fixement les ailes scintillantes de la petite fée
qui brillent dans le magasin obscur.

— Nous sommes contentes de te
rencontrer, disent les fillettes en chœur.

Elles adorent faire la connaissance de
nouvelles fées!

— Moi aussi, répond Sandrine. Vous êtes célèbres au Royaume des fées.

Les deux amies se sourient.

— Sandrine, que se passe-t-il? demande Karine en reprenant son sérieux. Pourquoi as-tu besoin de notre aide?

Le sourire espiègle de Sandrine se transforme en grimace.

— Oh, soupire-t-elle, la fête d'Halloween s'annonce très mal!

— Qu'est-il arrivé? demande Rachel.

Sandrine pousse un autre soupir.

— Tout a commencé hier, raconte-t-elle. Je venais tout juste de finir de préparer

mes friandises magiques
d'Halloween. Chaque
année, j'en fais trois sortes :
des barres de chocolat,
des bonbons de maïs et
des pommes enrobées de
caramel.

La petite fée s'interrompt et se lèche les
lèvres d'un air gourmand.

— Où en étais-je? poursuit-elle. Ah oui!
Je saupoudre toujours une friandise de
chaque sorte avec ma poussière étoilée
magique. Ces trois friandises enchantées
contiennent la magie d'Halloween! Sans

elles, Halloween ne serait plus pareille!

— Est-ce qu'il est arrivé quelque chose aux friandises? demande Karine en se rongeant un ongle.

— Elles ont disparu! s'écrie Sandrine.

Karine et Rachel écoutent attentivement. Sandrine leur explique que chaque friandise joue un rôle particulier : la barre de chocolat garantit que tout le monde aura un beau costume. Les bonbons de maïs assurent qu'il y aura beaucoup de bonbons bien sucrés.

Pour finir, la pomme au caramel crée une ambiance d'Halloween formidable qui entraîne petits et grands à se laisser prendre par la magie de cette fête.

— J'ai emballé chaque friandise dans un papier brillant orange, ajoute Sandrine avec une lueur pétillante dans le regard. Le roi et la reine les donnent en prix lors de notre grand bal d'Halloween.

— Oh là là! Je ne savais pas que vous célébriez Halloween au Royaume des fées! s'exclame Karine.

— Oh oui! répond Sandrine. Nous adorons Halloween. C'est l'une des rares occasions où les humains croient à la magie qui est quotidienne au Royaume des fées.

Puis elle ajoute en se renfrognant légèrement :

— Sauf le Bonhomme d'Hiver. Il ne veut pas que les

humains s'amusent. Cette année, il a inventé un plan maléfique.

Sandrine explique qu'elle arrosait son champ de citrouilles quand elle a entendu un horrible vacarme.

— Oh non! s'écrie Karine en se mordant la lèvre.

— Tu as deviné, dit Sandrine, les mains sur les hanches.

La petite fée prend un air sérieux et

raconte comment les gnomes du Bonhomme d'Hiver sont entrés dans sa maison-champignon pour voler les friandises magiques.

— Ils étaient presque arrivés à la forêt du Royaume des fées quand je les ai vus : sept gnomes verts avec des visages et des mains barbouillés de chocolat. Au moment où j'ai levé ma baguette pour les arrêter, le

Bonhomme d'Hiver est apparu. Les éclairs glacés de sa baguette ont percuté mes étincelles étoilées et les gnomes ont disparu dans un nuage de poussière. Mes friandises magiques aussi!

— Oh non! Nous devons les retrouver! s'exclame Rachel.

Elle ne peut imaginer Halloween sans costumes ni bonbons ni activités amusantes.

— Merci! dit Sandrine avec un sourire reconnaissant.

Puis les yeux bruns de la petite fée s'écarquillent :

— Je dois vous dire une dernière chose : il ne faut pas que les friandises tombent dans les mains de quelqu'un qui ne croit pas à la

magie d'Halloween. Si une telle personne mange l'une des friandises magiques, cela gâchera l'aspect de la fête que la friandise représente.

Rachel et Karine ont la gorge serrée.

À ce moment-là, l'un des garçons bruyants qui fouillaient dans les contenants de chapeaux tape du pied :

— Elle n'est pas là! gémit-il. Je vais aller voir ailleurs.

Les autres le suivent, coiffés de chapeaux et affublés d'accessoires brillants.

— Avez-vous vu ça? demande Karine.

— C'est horrible, dit Sandrine en secouant la tête. Ces garçons ne sont vraiment pas dans l'esprit d'Halloween.

— Et ils étaient pieds nus! lâche Rachel. On pouvait voir leurs grands pieds verts!

— Exactement, approuve Karine. Sandrine, je crois que nous avons trouvé les gnomes!

À la poursuite des gnomes

Karine, Rachel et Sandrine se précipitent derrière les gnomes.

— Ils sont rentrés là! dit Rachel en montrant une porte solide sur laquelle il est écrit RÉSERVE.

— Alors nous devons y aller aussi! s'exclame Sandrine.

Elle pointe sa
baguette et la porte
s'ouvre dans un éclair
d'étincelles étoilées.

— Sandrine!
s'exclame Karine.
Tu dois faire attention! Quelqu'un pourrait
te voir!

Sandrine se faufile rapidement dans la
poche de Karine et elles entrent dans la
réserve qui est presque aussi grande que
le magasin. Elles y voient une multitude
de tablettes sur lesquelles des boîtes sont
empilées, mais pas de traces des gnomes.

— Mme Blais a toujours un panier de
bonbons sur son comptoir, murmure Rachel.
Elle les entrepose peut-être ici.

— Et peut-être que la barre de chocolat
magique est parmi les bonbons! déclare
Sandrine.

Les fillettes marchent sur la pointe des
pieds en contournant des boîtes de costumes
ouvertes qui déversent leur contenu sur le sol.

— Cette pièce est tout aussi en désordre
que le magasin, fait remarquer Karine.

— C'est à cause de la barre de chocolat,
explique Sandrine. Tout ce qui a rapport aux
costumes est mélangé.

— C'est ce qui est arrivé à nos ailes! dit
Rachel.

— Et à notre deuxième baguette! ajoute Karine.

Jugeant qu'elle peut en sortir sans risque maintenant, Sandrine bondit de la poche de Karine.

— Allons chercher ces gnomes et mes friandises! déclare-t-elle.

Les fillettes courent derrière la fée en évitant des piles de costumes et de fournitures d'artisanat. Puis elles aperçoivent des éclairs glacés dans l'allée suivante et

ralentissent pour jeter un coup d'œil.

— Le Bonhomme d'Hiver leur a donné une baguette, dit Sandrine. Vous devez faire attention. Cette baguette leur donne le pouvoir de tout mélanger!

Tout à coup, les fillettes et la fée voient un gnome aux oreilles très pointues braquer la baguette vers un grand gnome déguisé en policier.

— Je voulais être le policier, braille-t-il.

Mais le gnome au costume de policier se contente de secouer la tête.

Des éclairs glacés jaillissent de la baguette du gnome et la chemise bleue du policier se transforme en un petit haut jaune étincelant.

— Rends-moi ma chemise! crie le grand gnome en soufflant dans son sifflet de policier.

— Non! riposte le gnome aux oreilles pointues.

Il utilise ensuite sa baguette pour ajouter des fleurs violettes sur fond rose à un costume de dragon féroce.

— Cela explique les costumes dépareillés, murmure Karine.

Les autres gnomes font tomber des boîtes des étagères et les ouvrent à la hâte.

— Ils doivent croire que l'une des friandises magiques se trouve ici, se hasarde à dire Sandrine.

Tout à coup, Karine pense voir un éclair orange scintillant.

— Ils ont trouvé l'une des friandises! crie-t-elle sans pouvoir contenir son excitation. Ce doit être la barre de chocolat! Allons-y!

Dès que les gnomes entendent la voix de Karine, ils interrompent leurs fouilles et se précipitent vers la porte arrière.

Les fillettes les suivent de près, passent par la porte et se retrouvent dans une allée.

Sandrine volette au-dessus d'elles. Tout en poursuivant les gnomes, les fillettes cherchent une autre trace du papier d'emballage orange. Les sept gnomes courent à toute allure en laissant tomber des perruques et des chapeaux.

— Oh non! Ils se dirigent vers la place centrale! dit Rachel en les voyant descendre la rue principale qui mène à une aire gazonnée au centre de la ville.

Sandrine et les fillettes regardent désespérément autour d'elles. Il ne faut pas

que quelqu'un d'autre voie les gnomes! Les trois amies les ont presque rattrapés, mais elles ne savent pas lequel tient la friandise magique.

Soudain, un chat noir saute d'un arbre et bondit devant les gnomes.

— Au secours! crie le premier gnome qui trébuche et tombe.

Alors qu'il essaie de se relever, un autre gnome s'affale sur lui, puis un autre jusqu'à ce que tous les gnomes forment une montagne de corps pêle-mêle.

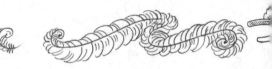

— C'est le petit chat noir! s'exclame
Rachel en voyant le chaton sortir
du tas de gnomes.

Il semble regarder les
fillettes et Sandrine, puis
il traverse la place
centrale en quelques
bonds et disparaît de
leur vue.

— Et voici notre
emballage orange,
dit Karine déçue en
ramassant un objet
sur le sol. Ce n'est
pas l'emballage d'une
friandise magique en
fin de compte.
Elle tient à la main
un masque de tigre que les

gnomes ont pris
dans la réserve du
magasin.

— Maintenant,
nous devons
recommencer à
zéro, poursuit-elle.

— Ne t'inquiète
pas, Sandrine, nous
trouverons les friandises
magiques, assure Rachel.

Mais quand elle se retourne,
elle ne voit plus leur petite amie la fée.

Où est-elle donc passée?

La cachette de bonbons

Les fillettes s'éloignent rapidement des gnomes qui sont encore empilés les uns sur les autres et commencent à chercher Sandrine. Tout à coup, la fée descend du ciel en piqué.

— As-tu trouvé quelque chose? demande Rachel avec espoir.

— Pas vraiment, répond Sandrine. Je cherchais Clair-Obscur.

— Clair-Obscur? demande Karine en protégeant ses yeux du soleil pour regarder en l'air.

— Le petit chat noir, explique Sandrine avec un petit rire. Il a dû être projeté dans le monde humain avec les friandises magiques lors de la collision des formules magiques.

— C'est ton chaton? demande Rachel.

— Pas vraiment, explique la fée. Ce chat rôde près de ma maison au Royaume des fées depuis que je prépare les friandises d'Halloween. Il est timide, mais il a du cran et il semble avoir un faible pour les sucreries.

— Nous l'avons vu chez Rachel ce matin, dit Karine.

— J'espère qu'il ne se blessera pas ici, s'inquiète Sandrine. Je suis sûre que le roi et la reine voudraient qu'il rentre au Royaume des fées, mais nous devons trouver les trois friandises magiques d'abord.

Il ne reste plus que deux jours avant Halloween, et Karine et Rachel savent que c'est là leur mission!

Les trois amies retournent au magasin. En chemin, elles ramassent les costumes que les gnomes ont fait tomber pendant leur course folle.

— Si l'emballage orange n'est qu'un masque de tigre, la barre de chocolat est peut-être encore au magasin Costumes, chaudrons et créations, fait remarquer Karine.

— Ou ailleurs, ajoute Rachel.

— Nous devons laisser la magie venir à nous, leur rappelle Sandrine.

La reine des fées a souvent donné le même conseil aux fillettes! Quand elles retournent au magasin, Mme Blais est en train d'y remettre de l'ordre.

— Je ne comprends pas ce qui s'est passé, dit-elle. Je n'aime pas que les gens ne soient pas contents de leurs costumes. Je ne peux même pas trouver les bonbons que je voulais distribuer. C'est comme si ce n'était pas Halloween!

La propriétaire sourit tout de même en voyant Rachel. Dès qu'elle apprend que les fillettes ont besoin de fournitures pour leurs costumes de fées, elle sort de la pièce pour aller leur chercher des ailes et d'autres accessoires.

— Et si on l'aidait à ranger? suggère Karine.

Karine, Rachel et Sandrine vont
à l'arrière du magasin et
commencent à remettre
les articles à leur place.
Quand personne ne
regarde, Sandrine
utilise sa baguette
magique pour
replacer des
crayons de
maquillage ou des
sacs pour friandises
sur les tablettes. En
un rien de temps, il
ne reste plus rien sur
le sol et les contenants
sont presque pleins.

— Si nous ne trouvons
pas de nouvelles ailes,
plaisante Rachel, je pourrais

toujours être un clown.

Elle ramasse une perruque de clown rouge vif et s'apprête à la mettre sur sa tête, mais une avalanche de bonbons déferle et atterrit sur le plancher.

— Regardez! s'exclame Karine en montrant un emballage orange scintillant sur le tas de bonbons.

— Oh! Rachel! s'écrie Mme Blais en accourant. Tu as trouvé mes bonbons d'Halloween! Et j'ai un panier ici pour les mettre!

Karine retient son souffle quand la propriétaire se baisse pour ramasser les bonbons. Les fillettes s'agenouillent immédiatement pour l'aider. Rachel jette un regard inquiet à Karine en voyant Mme Blais lancer le bonbon à l'emballage scintillant dans le panier en osier.

— On n'avait pas vraiment l'impression que c'était Halloween sans ce panier de bonbons, dit Mme Blais qui se relève et s'éloigne.

Le visage de Karine s'assombrit.

— Mais où ai-je la tête? dit Mme Blais en revenant vers elles. En voulez-vous un?

Dès que Mme Blais le propose, Karine avance la main pour saisir la barre de chocolat emballée dans le papier orange scintillant.

— Merci madame Blais, dit-
elle avec un sourire rayonnant.
On se sent déjà plus dans
l'esprit d'Halloween.

Elle cache discrètement le
bonbon derrière son dos et
Sandrine descend en flèche
pour le saisir.

— Regardez! déclare
Mme Blais en montrant
quelque chose sur une tablette
supérieure. Je vois mes ailes de fées favorites.
Je me demandais où elles pouvaient bien
être.

La propriétaire grimpe sur un vieil
escabeau à roulettes pour atteindre les
paquets scintillants. Elle en donne un à
Rachel et un autre à Karine.

— Je vous les donne pour vous remercier.
Vous m'avez tellement aidée!

— Oh, madame Blais! Elles sont superbes,
dit Rachel avec un soupir ravi.

— Merci beaucoup, ajoute Karine.

Les fillettes sourient et voient Sandrine
tournoyer dans les airs derrière Mme Blais.
La petite fée joyeuse donne un baiser à
l'emballage orange scintillant, puis elle
s'envole. Rachel et Karine la regardent
s'éloigner. Elles savent qu'elle retourne au
Royaume des fées.

— Nos costumes vont
être formidables, dit
Rachel en se tournant
vers Karine.

— Et une fois
que Sandrine aura
rapporté la barre de
chocolat au Royaume
des fées, tous les éléments des
costumes seront réunis, ajoute Karine.
Maintenant, il ne nous reste plus qu'à trouver
deux friandises pour que tout le monde passe
une belle fête d'Halloween!

Le mystère des
bonbons de maïs

Table des matières

Des costumes féeriques   61

Où sont les bonbons?   71

Un indice sucré   79

Les fantômes du terrain de jeu   87

Clair-Obscur à la rescousse!   95

Des costumes féeriques

— Joyeuse Halloween! dit M. Vallée en prenant une photo de Rachel et de Karine. Vous êtes superbes!

— Et vous ressemblez à de vraies fées, ajoute Mme Vallée, la mère de Rachel, en joignant les mains.

Rachel et Karine se sourient. Elles ont toutes deux de belles ailes scintillantes sur leur dos.

Karine porte une minijupe plissée violette
et un cache-cœur lilas avec des manches
évasées. Quant à Rachel, elle a choisi une
jolie robe verte en tricot et des ballerines. Les
deux fillettes portent au cou un pendentif
argenté brillant que le roi et la reine du
Royaume des fées leur ont offert.

— Je me demande où peut bien être
notre nouvelle amie la fée, murmure Karine,
soudain saisie d'inquiétude.

Les deux amies n'ont pas revu Sandrine depuis qu'elles ont trouvé la barre de chocolat magique dans le magasin de costumes quelques jours plus tôt.

La sonnerie de la porte d'entrée retentit. Ding-dong! Ding-dong!

— Je vais ouvrir, s'écrie M. Vallée.

Il est vêtu d'un costume de cowboy composé d'un chapeau, de jeans et de bottes. La mère de Rachel l'accompagne. Elle porte un chapeau assorti avec une longue jupe en jean. Sa chemise à carreaux est nouée à la taille.

— Tout indique que Sandrine est bien arrivée au Royaume des fées avec la barre de chocolat, dit Rachel à voix basse. Nos

costumes sont superbes! Si la barre de
chocolat n'était pas de retour au Royaume
des fées, les costumes seraient encore
mélangés.

— Sandrine sera bientôt là, dit Karine
avec un soupir. J'en suis sûre!

C'est presque l'heure d'aller faire la
tournée d'Halloween et il reste encore deux
friandises scintillantes à retrouver!

À ce moment-là, le père de Rachel entre
précipitamment dans le salon.

— Les filles, sauriez-vous où sont passés
nos bonbons? Je ne les trouve plus! Même le
bol a disparu!

Karine et Rachel échangent un regard entendu.

— Je n'ai aucune idée de l'endroit où ils sont, répond Rachel.

C'est la vérité. Les fillettes ne savent pas où sont les bonbons. Par contre, elles savent *pourquoi* ils ont disparu. C'est à cause du Bonhomme d'Hiver et de ses gnomes malicieux!

— Eh bien, il y a un groupe de fantômes à la porte et nous n'avons rien à leur donner, poursuit M. Vallée qui se précipite à la cuisine, les talons de ses bottes martelant le plancher.

Puis les fillettes entendent Bouton pousser un aboiement.

— Oh… j'avais oublié qu'Halloween rend Bouton nerveux, dit Rachel en courant à la porte d'entrée.

Elle arrive juste à temps pour saisir le collier du chien de berger aux longs poils.

— Ça va, mon chien. Il n'aime pas les costumes, explique-t-elle à Karine.

Toutes deux regardent par la porte ouverte. Une foule de pompiers, de superhéros, de princesses, de chevaliers, de dinosaures et de lions déambulent dans les rues obscures du quartier.

Elles voient une bande de garçons habillés en fantômes détaler à toutes jambes.

— Ces fantômes n'ont même pas attendu que papa trouve les bonbons, fait remarquer

Rachel.

— Regarde! Voici le chaton
de Sandrine, Clair-Obscur! Il
court après les fantômes, dit
Karine en riant.

Le chat minuscule bondit
dans l'herbe haute. Karine
ajoute dans un murmure :

— Je me demande si ces fantômes
pourraient être… des gnomes?

Rachel pousse un petit cri et écarquille les yeux.

Juste alors, les parents de Rachel reviennent dans le hall d'entrée. M. Vallée se caresse le menton d'un air pensif.

— Je suppose que je vais devoir aller acheter d'autres bonbons au magasin, dit-il. Sans les bonbons, ce n'est pas Halloween.

— Allez donc faire la tournée toutes les deux, et amusez-vous bien! suggère

Mme Vallée.

Les deux amies prennent leurs sacs à bonbons et rajustent leurs ailes. Karine agite la main en se dirigeant vers la porte.

— Nous vous retrouverons à la fête plus tard, dit Rachel en faisant un petit câlin à ses parents avant de partir.

— Oui, vous allez avoir une soirée bien occupée! répond M. Vallée.

Rachel et Karine échangent des regards inquiets. Il ne se doute pas à quel point ses paroles sont vraies. Elles doivent encore trouver deux friandises magiques et il leur reste si peu de temps!

Où sont les bonbons?

Alors que Karine et Rachel se dirigent vers le trottoir, elles voient de grands garçons passer devant elles.

— Hé! Il y a un caillou dans cet emballage de bonbon! crie un extraterrestre à ses amis.

— Beurk! dans le mien aussi! crachote un joueur de football en s'essuyant la bouche

sur une de ses manches avant
de jeter le caillou par terre.
Quel vilain tour!

Rachel secoue
la tête et soupire
en regardant les
garçons s'éloigner.

— Nous
devrions faire
la tournée des
bonbons. Nous
verrons bien ce
qui va se passer.

— Bonne idée,
approuve Karine.

Elles gravissent une
petite allée de galets
qui mène à une maison.
Plusieurs citrouilles-
lanternes sont

disposées sur les marches d'escalier. Les visages sculptés émettent une lueur plutôt sinistre.

— C'est la maison des Laflamme, dit Rachel. Ce sont des amis de mes parents. Ils donnent toujours de délicieux bonbons.

— J'espère qu'ils savent où ils ont mis leur bol de bonbons, eux, dit Karine en haussant les sourcils.

— Des bonbons s'il vous plaît! disent les fillettes à l'unisson quand la porte s'ouvre. Une femme coiffée d'une couronne leur sourit.

— Comme vous êtes belles! s'exclame Mme Laflamme.

Puis elle se tourne et lance par-dessus son épaule :

— Sal, viens voir les fées!

Un grand homme aux cheveux blancs apparaît derrière Mme Laflamme.

— Ce sont de vraies ailes? plaisante-t-il. On dirait que vous allez vous envoler.

Puis il tend un bol plein de bonbons aux fillettes.

Rachel et Karine échangent un regard surpris. Les Laflamme ont bel et bien des bonbons. Il y a de petits chocolats au beurre d'arachide, des bonbons mous aux fruits et des bonbons de gelée sure. Rien qui ressemble à des cailloux.

— Merci monsieur et madame Laflamme, s'exclame Rachel qui choisit un chocolat au beurre d'arachide.

Karine prend un paquet de bonbons mous aux fruits.

— De rien! répond Mme Laflamme en agitant la main. Maintenant, allez-y vite et soyez prudentes. Joyeuse Halloween!

— Tu avais raison, dit Karine à Rachel quand elles redescendent l'escalier. Ils avaient de bonnes friandises! J'adore les bonbons mous!

Elle déchire l'emballage et met un bonbon rouge dans sa bouche. Soudain, son sourire s'efface et son nez se plisse.

— Rachel, dit-elle, le bonbon
a mauvais goût.

Elle s'interrompt et fait
tourner le bonbon dans sa
bouche.

— En fait, il n'a pas de goût
du tout, ajoute-t-elle.

Rachel, qui vient de prendre une petite
bouchée de son chocolat au beurre
d'arachide, fronce les sourcils elle aussi.

— Je sais, c'est affreux! ajoute quelqu'un.

Les fillettes se retournent immédiatement,
reconnaissant la voix de Sandrine.

La fée minuscule volette au milieu d'un

nuage de poussière magique étoilée
qui scintille dans le ciel obscur.

— C'est parce que nous
n'avons pas encore trouvé les
bonbons de maïs magiques,
explique Sandrine. Non

seulement ils garantissent qu'il y aura beaucoup de friandises, mais ils leur donnent aussi leur bon goût sucré. Nous devons absolument les retrouver!

— Oh! Sandrine! s'écrie Karine. Nous sommes si heureuses de te voir!

— Moi aussi, répond Sandrine, mais ne perdons pas de temps à bavarder. Je crois que je sais où sont les bonbons de maïs magiques!

Sur ce, la petite fée d'Halloween file dans la rue.

Un indice sucré

Rachel et Karine se mettent à courir à toutes jambes. Elles ont du mal à suivre Sandrine qui fonce droit devant et se faufile entre les enfants costumés dans la rue.

— Quelqu'un va la voir si elle ne fait pas attention, dit Rachel tout essoufflée.

— Et elle doit ralentir, ajoute Karine, le souffle court.

Sandrine s'arrête soudainement et se tourne vers les fillettes.

— C'est ici! lance-t-elle en montrant une petite chaumière avec une cheminée en pierre.

Une chandelle brûle à la fenêtre et Karine voit un balai appuyé contre la galerie.

—Venez! s'écrie Sandrine avec un sourire.

Elle fonce vers la porte. Dans le clair de lune, la chaumière a un air mystérieux, mais les fillettes se sentent en sécurité avec Sandrine. Elles grimpent les vieilles marches grinçantes de la galerie.

Sandrine lève sa baguette et un jet d'étincelles magiques pousse sur le bouton de la sonnette.

— Sandrine, tu dois te cacher! insiste
Rachel en ouvrant son sac à bonbons en
toile.

La fée y plonge juste au moment où la
lourde porte d'entrée en bois s'ouvre.

— Des bonbons s'il vous plaît! crient les
fillettes.

Le visage pâle d'une dame se détache dans
l'encadrement de la porte. Elle a des cheveux
noirs lisses et porte un costume de sorcière.

— Bien sûr, dit-elle. Venez chercher des
bonbons dans mon chaudron.

Les fillettes jettent un coup d'œil
dans la petite maison bien
rangée et voient un énorme
chaudron noir à côté de la
porte. Il est vide.

— Oh non! s'exclame la
dame en remarquant que tous

les bonbons ont disparu. Vous êtes seulement
les deuxièmes à venir. Je me demande si ces
petits fantômes malpolis les ont tous pris.

Elle se penche et glisse la main jusqu'au
fond du grand chaudron en fer pour s'assurer
qu'il ne reste rien à l'intérieur.

— Même le bonbon à l'emballage
scintillant a disparu!

Rachel et Karine se regardent.

— Des fantômes sont venus avant nous?
demande Rachel.

— Oui, ils étaient six ou
sept. Ils viennent de repartir,
répond la dame.

Elle enlève son grand
chapeau pointu avec un air
profondément triste.

— C'est ma première Halloween dans ma
propre maison, poursuit-elle, et je voulais
tellement que ce soit amusant!

Karine se sent vraiment mal pour elle.

— Nous connaissons ces fantômes, dit-elle.
S'ils ont pris vos bonbons, nous allons les
récupérer. Viens, Rachel!

Elle adresse un petit sourire à la dame et
hoche la tête. Elle descend les escaliers en
silence.

— Nous allons trouver le sac de bonbons
de maïs magiques, dit Sandrine en sortant du
sac en toile de Rachel dès qu'elles sont hors
de vue. Si cette dame a raison, les fantômes
doivent les avoir!

— Alors tout ce qu'il nous reste à faire, c'est de trouver les fantômes… je veux dire les gnomes, ajoute Karine, et les bonbons retourneront à leur place.

— D'accord, dit Rachel, mais par où commencer? Il fait de plus en plus noir, ça va être difficile de les trouver. De plus, nous ne savons même pas dans quelle direction ils sont partis.

— Tout d'abord, je peux rendre vos baguettes plus utiles, répond Sandrine.

La petite fée agite sa propre baguette. De la poussière magique tourbillonne autour des baguettes de Karine et de Rachel, qui commencent à luire d'une vive lumière argentée.

— Et ce serait bien si vous pouviez
vraiment voler, ajoute-elle en agitant de
nouveau sa baguette.

Les ailes des fillettes se mettent à étinceler
et les deux amies flottent dans les airs tout
en prenant la taille des fées.

— C'est mieux comme ça, non? déclare
Sandrine, les mains sur les hanches.
Maintenant, allons à la poursuite de ces
gnomes!

Les fantômes du terrain de jeu

Les trois fées volettent jusqu'au-dessus de la cime des arbres.

— Nous pourrons mieux repérer cette bande de fantômes d'en haut, dit Sandrine.

Karine et Rachel la suivent de près. Elles tiennent leur baguette devant elles pour éclairer le chemin. Elles approchent de la ville et voient plein de gens sur les trottoirs et dans les rues.

— Hé, regarde! s'exclame Karine. Je vois un tas de fantômes tout en bas.

Un lampadaire illumine faiblement le terrain de jeu. Rachel entrevoit un groupe de fantômes cachés par l'ombre d'un grand arbre.

— Ils ont plein de paniers de friandises! déclare Sandrine. Les bonbons de maïs magiques doivent être ici.

Les voix des gnomes retentissent dans l'air frais de la nuit. Ils grognent et râlent en jetant des bonbons et des emballages tout autour d'eux.

Karine pousse un petit cri.

— Oh non! Ils sont en train de les manger!

Elle se souvient que si quelqu'un qui ne croit pas à l'Halloween mange les friandises magiques, l'aspect de la fête que représentent ces friandises sera gâché. Que se passera-t-il si les gnomes mangent les bonbons de maïs magiques? se demande-t-elle en frissonnant.

Elle imagine difficilement Halloween sans chocolats savoureux ni gelées acidulées ni bonbons rouges surs.

— Nous devons faire quelque chose et vite! Sandrine, pourrais-tu nous redonner notre taille normale s'il te plaît? demande-t-elle en volant plus bas dans le ciel. Nous aurions une meilleure chance d'attraper les gnomes sur le sol.

— Bien sûr, dit Sandrine, mais je vous laisse vos baguettes. Vous aurez peut-être besoin de lumière!

Dès que Karine et Rachel sont prêtes, Sandrine agite sa baguette. Les fillettes se précipitent vers les gnomes au moment où leurs pieds touchent l'herbe.

— Arrêtez! crient-elles en même temps.

Les gnomes arrêtent de manger et regardent autour d'eux, mais ils ne voient rien, car les trous pour les yeux dans les draps sont trop petits.

— Qui était-ce? demande un gnome dont la voix est étouffée par le drap qu'il porte sur la tête.

— Peu importe, répond un autre. Concentre-toi. Nous devons trouver ces bonbons magiques et les apporter au Bonhomme d'Hiver.

Un autre gnome jette alors un coup d'œil sous son costume.

— Oh non! Ce sont encore ces chipies!
crie-t-il. Partons!

Les gnomes se dépêchent de remettre tous
les bonbons dans les paniers, les bols et les
sacs. Puis, ils les empilent et essaient de courir
vers la rue sans faire tomber les friandises.

— Ils ont dû voler des bonbons dans
presque chaque maison! dit Karine en
poursuivant un gnome qui tient six bols dans
ses mains.

Les gnomes trébuchent en traversant le terrain de jeux, car ils ont du mal à voir à cause de leur costume. L'un d'eux court sur toute la longueur de la planche d'une bascule. Un autre heurte une balançoire en pneu. Mais peu de temps après, tous disparaissent dans la rue… et se retrouvent au beau milieu d'un défilé costumé!

Clair-Obscur à la rescousse!

La rue fourmille de personnes costumées.
Karine regarde défiler des anges, des pilotes
de course et des lapins. Puis, du coin de l'œil,
elle aperçoit un éclair blanc. Un fantôme!

Elle tend la main pour saisir le sac
de friandises du fantôme, mais elle se
rend compte qu'il porte de toutes petites
chaussures de sport blanches.

Un gnome ne pourrait jamais porter d'aussi petites chaussures, se dit-elle. Elle est sur le point de renoncer, quand quelqu'un lui donne une petite tape sur l'épaule.

— Regarde là-bas, dit Rachel en pointant le doigt.

Karine suit le regard de son amie et voit Sandrine perchée dans un arbre de l'autre côté de la rue. La fée sautille et agite les bras.

— Allons voir ce qu'elle veut avant que quelqu'un d'autre ne la remarque, dit Rachel.

Elle attrape le bras de Karine et traverse la foule.

— Je suis contente que vous m'ayez vue, dit Sandrine en descendant de l'arbre pour se poser sur l'épaule de Rachel. J'ai repéré les gnomes! Ils sont allés dans ce parc!

Rachel et Karine jettent un coup d'œil dans le parc obscur.

— C'est le parc du Coup de vent, dit Rachel en frissonnant. Ce ne sera pas facile de les trouver là-bas.

— Ma foi, nous devons faire notre possible, répond Sandrine avec un grand sourire en s'envolant dans la nuit.

Les deux amies entrent par le portail et se faufilent parmi les ombres. Elles entendent tout de suite le vent qui a donné son nom au parc. Il fait bruire les feuilles et refroidit l'air.

— On se sent vraiment dans l'ambiance d'Halloween maintenant, murmure Karine en cherchant des traces des gnomes dans la nuit noire. Il n'y a pas de lampadaires et de gros nuages cachent la lune.

Seules, les trois baguettes magiques leur fournissent de la lumière. Les fillettes marchent sur la pointe des pieds en s'arrêtant de temps à autre pour écouter les bruits que les gnomes pourraient faire.

— Chuuut! prévient Sandrine. Je crois que nous sommes tout près.

La petite fée regarde par-dessus une colline et fait signe à Karine et à Rachel de s'arrêter.

— Ils sont là-bas, chuchote-t-elle.

Les fillettes se mettent à quatre pattes et grimpent la pente de la colline pour regarder de l'autre côté.

En effet, le groupe de gnomes est dans un petit vallon. Ils ont recommencé à fouiller parmi les friandises.

— Si les bonbons de maïs magiques sont avec ces friandises, ils vont bientôt les trouver, dit Rachel, inquiète.

— Pas si nous les trouvons en premier, répond Karine. Sandrine, aimerais-tu leur jouer un petit tour d'Halloween?

Ses yeux s'illuminent pendant qu'elle explique son plan à Rachel et à Sandrine.

— Ça vaut la peine d'essayer, dit Sandrine avec un sourire complice. Je ne peux pas faire grand-chose tant que nous n'avons pas trouvé les bonbons magiques, mais j'ai encore suffisamment de magie pour jouer un petit tour!

Elle fait tournoyer sa baguette et récite une formule :

Sous ces costumes se trouvent des gnomes,
mais voici venir de vrais fantômes.
Si ces draps flottent tout seuls dans les airs,
les gnomes n'auront plus l'air aussi fiers.

Dès que Sandrine a fini de jeter le sort, les draps qui recouvrent les gnomes s'élèvent dans les airs. Ils flottent au-dessus d'eux et ressemblent à de vrais fantômes!

Rachel et Karine font un petit
signe de victoire, puis elles
prennent une voix lugubre
et gémissent :

— Houuuuuh!
Rendez les bonbons
que vous avez volés!
Houuuuh!

Les gnomes lèvent
la tête et voient les
draps qui flottent au
vent.

— Des fantômes!
hurlent-ils.

— Houuuuuh!
Rendez les bonbons!
répètent les fillettes.

Les trois amies pouffent
de rire. Les gnomes se
recroquevillent sous les

draps fantomatiques et tremblent
de peur.

À ce moment-là, un gnome
s'écrie en brandissant le
bras en l'air :

— J'ai trouvé les
bonbons de maïs
magiques! Hourra!
Karine, Rachel et
Sandrine échangent
des regards inquiets :

— Qu'allons-nous
faire maintenant?
murmure Karine.

— Poursuivons-le! dit
Rachel.

Mais avant qu'elles aient
la chance de se relever, elles
entendent un miaulement
sonore. Puis elles voient Clair-

Obscur, le chaton espiègle, bondir sur le dos du gnome.

— Aïe! crie le gnome en agitant les bras pour essayer de le faire tomber.

Les autres gnomes partent dans des directions différentes et le laissent seul. Clair-Obscur saute alors à terre et le dernier gnome court rejoindre ses amis.

Clair-Obscur regarde Sandrine et les deux fillettes droit dans les yeux et miaule doucement. *Miaou, miaou, miaou,* répète-t-il avant de bondir dans l'ombre.

— Les bonbons de maïs magiques! crie Sandrine. Clair-Obscur nous a montré où le gnome les a laissé tomber!

Les trois amies dévalent la colline et se rendent à l'endroit où le chaton se trouvait. En effet, le sac de bonbons de maïs magiques est sur le sol avec toutes les autres friandises volées.

— J'ai tellement hâte de les rapporter au Royaume des fées, déclare Sandrine en levant le sac de bonbons de maïs dans les airs.

Dès qu'elle les touche, ils reprennent leur taille initiale du Royaume des fées.

— Maintenant, il y aura des bonbons pour tout le monde! dit-elle.

— Et ils auront un bon goût sucré! ajoute Karine.

Les nuages se dissipent et la lune se met à briller d'une lumière argentée.

— Nous avons eu de la chance que Clair-Obscur arrive au bon moment, dit Rachel.

— Je retourne au Royaume des fées, dit Sandrine en hochant la tête. Mais je vais d'abord vous renvoyer dans votre quartier pour que vous puissiez faire la tournée des maisons!

Elle lève sa baguette et une nuée de poussière magique étoilée enveloppe Rachel et Karine.

Les deux fillettes saluent Sandrine de la main. Puis

en un clin d'œil, elles se retrouvent dans la rue de Rachel.

Les amies regardent autour d'elles pour s'assurer que personne ne les a vues, puis elles sourient.

— Plus de mauvais tours pour nous ce soir, dit Karine.

Rachel hoche la tête. Elle lève son sac de friandises et émet un petit rire.

— Maintenant, je suis prête pour de bonnes friandises bien sucrées!

Les péripéties de la pomme au caramel

Table des matières

Halloween mélancolique 113

La fête dans la maison hantée 121

La citrouille-lanterne 129

Un chaton bien caché 139

Le Bonhomme d'Hiver s'amuse 149

Halloween mélancolique

— Des bonbons, s'il vous plaît! claironnent Rachel et Karine en chœur.

Elles font la tournée des maisons pour demander des bonbons depuis que Sandrine est rentrée au Royaume des fées avec les bonbons de maïs magiques.

— Nous avons beaucoup de bonbons maintenant, dit Karine en regardant son

sac orné d'une citrouille. Je garderai des
chocolats pour maman. Elle me demande
toujours de partager avec elle.

Rachel éclate de rire.

— Mon père adore les bonbons, tout
comme moi, admet-elle.

Elle regarde sa montre et ajoute :

— Nous pouvons aller encore dans
quelques maisons avant de retourner en ville
pour la fête d'Halloween.

Tout en sonnant aux
portes et en saluant
les voisins, Rachel et
Karine guettent le
retour de Sandrine.
Elles cherchent des
yeux Clair-Obscur, le
chaton rusé. Au bout
de quelques minutes,
Rachel sort le carton

d'invitation que ses parents lui ont donné et sur lequel figure une vieille maison à l'aspect lugubre.

— La fête a lieu à un nouvel endroit, explique Rachel. Avant, c'était de l'autre côté de la ville, mais cette année, mes parents ont dit que nous pourrons y aller à pied. Je reconnais cette adresse.

Les fillettes marchent sur le trottoir. Plus elles s'approchent du lieu de la fête, plus elles croisent de groupes de parents et d'enfants qui s'y rendent eux aussi.

— C'est ici, annonce Rachel en vérifiant une dernière fois le numéro de la rue sur l'invitation.

Elle regarde la longue allée qui mène à la vieille maison victorienne.

—Vraiment? demande Karine. C'est la maison effrayante devant laquelle nous sommes passées l'autre jour. Je croyais que tu avais dit que personne n'y habitait.

Un homme qui porte un costume de savant fou les entend parler. Il s'arrête et soulève ses lunettes de protection.

— C'est la vieille maison Provost, dit-il. La ville l'a achetée et va la transformer en centre communautaire.

— Alors c'est là que le nouveau centre communautaire va être, dit Rachel. Mes parents ont fait partie du comité d'organisation, mais ils ne m'ont pas dit où le centre allait être pour me faire la surprise.

— Eh bien, c'est le premier événement qui y est tenu, répond l'homme. On verra bien comment ça va se passer.

Il les salue et remonte l'allée. Karine remarque qu'il porte des gants en caoutchouc fluorescents et une vieille blouse blanche. Puis les fillettes entendent une famille qui se dirige vers la maison et passe à côté d'elles. La petite fille pleurniche.

— Cet endroit est trop effrayant. Je ne veux pas y aller.

Son père la prend dans ses bras. La petite fille déguisée en koala cache sa tête contre l'épaule de son père et essaie de ne pas regarder.

Karine est du même avis que la petite fille.

— Même les arbres sont sinistres, dit-elle en remarquant les branches dénudées qui ressemblent à de longs doigts crochus.

On dirait que cette maison a beaucoup de secrets.

— Toi aussi? glousse Rachel. Tu te sentiras mieux quand nous aurons trouvé la pomme au caramel magique qui ravive l'esprit d'Halloween.

Elle saisit la main de son amie et l'entraîne vers la vieille demeure.

La fête dans la maison hantée

Rachel et Karine poussent une exclamation en entrant dans la grande maison.

— Les décorations sont extraordinaires, murmure Karine.

Des fantômes en papier mâché flottent dans les airs et une immense toile d'araignée s'étire du sol au plafond. Des groupes de

ballons orange et noirs sont attachés au
grand escalier au centre du rez-de-chaussée.
À côté d'une cheminée en pierre, un groupe
rock joue la chanson de *Ghostbusters*. Les
musiciens sont costumés en momies et
la musique retentit dans la maison. Une
longue table remplie de nourriture est située
à côté du grand escalier. Les deux fillettes
remarquent qu'il n'y a pas de pommes au

caramel.

Avant qu'elles aient eu la chance de tout examiner, la mère de Rachel se précipite vers elles.

— Je suis contente que vous soyez ici, dit-elle. Il faut encourager les gens à faire des jeux et à danser. Personne ne semble s'amuser.

Rachel regarde autour d'elle et se rend

compte que tout le monde reste les bras
ballants, sans parler ni manger ni rire. Elle
jette un regard entendu à Karine. Personne
ne s'amusera tant que la pomme au caramel
ne sera pas de retour au Royaume des fées!

— On va t'aider avec plaisir, maman,
répond Rachel.

— Bon, pourriez-vous aller au troisième
étage? C'est là que se trouvent tous les jeux,
dit Mme Vallée.

Karine regarde le grand escalier. Il
ressemble à ceux que l'on voit dans les
vieux films.

— Commençons à
chercher à partir d'en
haut, murmure-t-elle
à Rachel qui hoche
la tête. La dernière
friandise magique est
peut-être tout près.

En voyant les visages moroses des invités, les fillettes se disent qu'elles ont intérêt à trouver rapidement la friandise magique.

Au troisième étage, elles voient un long couloir étroit aux murs couverts d'étagères. Il y a trois portes en bois foncé. Sur chacune est accroché un panneau décrivant une activité différente.

— Allons d'abord sculpter une citrouille, suggère Rachel.

Dès qu'elles entrent, elles entendent un groupe de garçons se chamailler.

— Ton costume est ridicule, dit l'un des garçons. Nous étions censés nous déguiser en quelque chose de vert.

— Et alors? Je suis Peter Pan, répond l'autre garçon.

— Peter Pan n'est pas vert, rétorque un autre. Il *porte* du vert.

Rachel et Karine échangent un regard surpris.

— Ce sont les gnomes! chuchotent-elles en constatant que tous les garçons du groupe portent un costume vert assorti à la couleur de leur peau.

Un gnome est déguisé en grappe de raisin et un autre en tortue. Les deux gnomes qui agacent Peter Pan sont déguisés en arbres.

Tout à coup, une nuée de poussière magique étoilée s'abat sur Rachel et Karine.

— Sandrine! s'exclament-elles, ravies de voir leur amie qui s'empresse de se cacher dans les cheveux de Rachel.

— Regarde, Sandrine! dit Karine en pointant le doigt. Les gnomes sont ici. La pomme au caramel ne doit pas être bien loin!

— Et ils ne sont pas seuls, ajoute Sandrine à voix basse.

Elle montre une table dans un coin sur laquelle plusieurs enfants ont commencé à creuser des citrouilles.

Rachel suit le regard de la fée et pousse un petit cri. Le Bonhomme d'Hiver est là, assis dans le nouveau centre communautaire de Combourg!

La citrouille-lanterne

— Brrr! J'ai froid dans le dos rien qu'à le regarder, confesse Karine.

La magie du Bonhomme d'Hiver jette un froid dans l'air partout où va le trouble-fête.

— Je me demande quelles sont ses intentions, dit Rachel. Tâchons de le découvrir.

Les fillettes s'approchent sur la pointe des
pieds et se cachent derrière un squelette
suspendu. À leur grande surprise, elles
voient le Bonhomme d'Hiver découper
soigneusement une bouche édentée dans
sa citrouille. Il se penche en arrière et
contemple sa citrouille-lanterne. Il semble
très content de lui.

Tout à coup, il lève les yeux et lance un

regard furieux dans la pièce. Il repousse sa
chaise et se dirige vers le groupe de gnomes.

— Que se passe-t-il? Je croyais vous avoir
dit que nous étions ici
pour empêcher les gens de
s'amuser. Allez me trouver
cette friandise magique
immédiatement!

— Maintenant au
moins, on sait pourquoi il
est là, dit Karine.

— Il veut s'assurer qu'ils
trouveront la pomme au
caramel, dit Sandrine
d'un air songeur. N'oubliez pas que
si quelqu'un qui ne croit pas à Halloween
mord dedans, l'esprit d'Halloween disparaîtra
cette année.

— Alors, dépêchons-nous de trouver cette
pomme! dit Rachel. Mes parents ont travaillé

très fort pour ce centre communautaire. Je ne veux pas que la première fête soit gâchée.

— Que disais-tu au sujet de tes parents? dit une voix.

Les fillettes se retournent vivement.

— Oh, bonjour papa! s'exclame Rachel en rejetant ses cheveux en arrière pour bien cacher Sandrine. Je disais justement à Karine à quel point je m'amuse. Vous avez fait du très bon travail pour organiser cette fête.

— Eh bien, merci, dit M. Vallée en soulevant son chapeau. J'aimerais que tout le monde s'amuse autant que toi. Pourriez-vous m'aider pour l'activité de la pièce d'à côté pendant un instant? J'ai besoin de quelqu'un pour me remplacer pendant que je vais chercher d'autres prix.

— Bien sûr, dit Karine qui craint que le père de Rachel ne remarque les gnomes ou le Bonhomme d'Hiver.

Dès que M. Vallée est sorti, les deux amies se précipitent dans la pièce où l'on joue aux chaises musicales.

Les fillettes regardent autour d'elles. Il y a environ dix enfants assis sur des chaises au milieu de la pièce. Ils ont tous l'air de

s'ennuyer. La plupart des parents
s'appuient contre le mur.

— Bon, nous allons
mettre la musique et
l'arrêter, dit Rachel en
se dirigeant vers le
lecteur de CD.

— Et nous
enlèverons une chaise
chaque fois, précise
Karine.

— Tout en
surveillant les
gnomes! ajoute
Sandrine.

— OK. Êtes-vous
prêts? lance Rachel.

Seuls quelques enfants
hochent la tête.

— Allons-y! Vous devez vous

asseoir sur une des chaises dès que la musique s'arrête, explique Rachel.

Elle appuie sur le bouton MARCHE. Au moment où les enfants commencent à tourner dans la pièce, le Bonhomme d'Hiver entre en sautillant. Il tient sa citrouille-lanterne sur laquelle se trouve un grand ruban bleu.

— J'ai gagné, j'ai gagné! chante-t-il en se joignant aux enfants qui jouent aux chaises musicales.

Karine le regarde, choquée.

— Je suppose que je ne vais pas enlever de chaise, dit-elle à Rachel, étant donné que nous avons un nouveau joueur.

Généralement, les deux amies essaient de rester à bonne distance du Bonhomme d'Hiver, mais comme elles s'occupent du jeu, elles ne peuvent pas partir!

Rachel hoche la tête et pousse sur le bouton ARRÊT. Les enfants se bousculent pour avoir un siège et le Bonhomme d'Hiver prend la dernière chaise, battant de justesse un ninja. Il pose la citrouille sur ses genoux et bat des mains de ravissement. Personne ne semble remarquer qu'il n'est pas un petit enfant. En fait, il a un comportement plus enfantin que les autres enfants de la pièce!

Le ninja traîne les pieds et
va rejoindre son père.

À ce moment-là, le père
de Rachel entre dans
la pièce avec un sac de
casse-tête, de sifflets et
d'autres prix.

— Merci, les filles, dit-il
en posant le sac à côté du
lecteur de CD sur la table. Vous pouvez aller
voir ce qui se passe dans les autres pièces si
vous voulez.

Rachel hésite. Elle se demande si elles
devraient rester ici et surveiller le Bonhomme
d'Hiver. Puis elles entendent un grand bruit
dans le couloir et elles voient le chaton
Clair-Obscur passer devant la porte ouverte.
Une foule de gnomes tous habillés en vert le
poursuivent.

Un chaton bien caché

— Merci, papa, dit Rachel en lui adressant un bref sourire.

Puis, suivie de Karine, elle sort en courant et se dirige vers les gnomes. Peu après, les fillettes s'arrêtent brusquement. Les gnomes sont entassés en haut de l'escalier. Ils regardent tous dans une direction différente.

— Où est passé ce chat? dit le plus grand.

— Il s'est volatilisé, marmonne un gnome costumé en grenouille.

— Ce doit être de la magie, suppose celui qui est habillé en Peter Pan.

Les gnomes semblent perplexes, mais le gnome à la grappe de raisin se met à taper du pied.

— Le chat ne peut avoir disparu! déclare-t-il. Il a dû descendre les escaliers. Séparons-nous et cherchons-le. Il a surgi quand nous avons trouvé les autres friandises, alors il doit savoir où est la pomme au caramel aussi!

Karine et Rachel

regardent les gnomes dévaler les escaliers et se séparer pour chercher le chaton. Sandrine jette un coup d'œil de derrière les cheveux de Rachel.

— C'est vrai, murmure-t-elle. On dirait que Clair-Obscur savait où se trouvaient les autres friandises magiques. Il nous aidera peut-être à trouver la pomme au caramel magique.

— Mais nous devons le trouver avant les gnomes, fait remarquer Rachel.

Soudain, Sandrine porte un doigt à ses lèvres.

— Avez-vous entendu ça?

Rachel et Karine hochent la tête. Elles entendent de nouveau le bruit… un tout petit miaulement.

— On dirait que ça vient de là derrière, dit Rachel en montrant une des étagères du couloir.

Karine examine l'étagère sur le mur.

— Regardez! s'exclame-t-elle. L'un des livres semble dépasser des autres. Il est intitulé « Le passage secret ».

Dès que Karine tire dessus, la bibliothèque tout entière glisse sur le côté. Clair-Obscur est là, assis dans le noir. Derrière lui se trouve un escalier en colimaçon, difficile à distinguer dans l'obscurité.

— Miaou, miaou, dit le petit chat.

Il fait demi-tour et disparaît dans l'escalier mystérieux.

— Il veut qu'on emprunte ce passage secret, dit Sandrine. Oh! Comme c'est amusant! Dépêchez-vous!

Rachel et Karine échangent un regard. Trouver un passage secret, c'est une chose, mais l'emprunter, c'en est une autre.

— Je t'avais bien dit que cette maison est pleine de secrets, insiste Karine.

— Venez! crie Sandrine en voletant dans l'escalier obscur. Sinon, comment allons-nous sauver Halloween?

La baguette de Sandrine se met à luire et les fillettes s'empressent de la suivre. La porte secrète se referme derrière elles.

Immédiatement, les baguettes des fillettes brillent elles aussi.

— Je me demande quand quelqu'un est venu ici pour la dernière fois, dit Rachel d'un ton songeur en enlevant une toile d'araignée de ses cheveux.

Les marches en bois
grincent chaque fois
qu'elle fait un pas.

— Je ne sais pas, dit
Sandrine, mais je suis
sûre que Clair-Obscur
a tout prévu.

Karine l'espère
aussi. Elle aime
l'idée d'un passage
secret, mais celui-ci est sinistre, obscur et
sale et l'escalier tourne tellement qu'elle a le
vertige!

Les trois amies descendent prudemment
l'escalier ténébreux tout en cherchant des
indices pour trouver la dernière friandise
scintillante. Elles arrivent bientôt en bas de
l'escalier sans avoir rien trouvé.

— À présent, cherchons la sortie, dit Karine.

— Ceci pourrait marcher, remarque Rachel en montrant une poignée ornée d'un joli dessin de fleur. Je vais essayer.

Elle la tourne et tire légèrement. La porte s'entrouvre. Un faisceau de lumière entre dans l'escalier obscur. Rachel jette un coup d'œil à l'extérieur.

— C'est la salle du rez-de-chaussée. Personne ne nous voit. Ce doit être une porte secrète. Nous sommes

juste à côté de la
table de nourriture.

Sandrine
et Karine se
précipitent pour
regarder. Sandrine
volette au-dessus de
la tête de Rachel et
Karine s'accroupit.

— Miam! dit
Karine. Je vois du
maïs soufflé, des
bretzels, du cidre, des muffins à la citrouille
et toutes sortes de bonbons, mais je ne
vois pas…

— Je vois des pommes au caramel! déclare
Sandrine.

— Oh! s'exclame Rachel. On vient juste
de les apporter, sans doute. Je les vois moi
aussi. Et celle du milieu est emballée dans

du papier orange
scintillant!

Puis les trois
amies poussent
un petit cri.
Quelqu'un est
debout à côté des pommes et se frotte les
mains avec jubilation. Cette personne est
nulle autre que le Bonhomme d'Hiver!

Le Bonhomme d'Hiver s'amuse

— Oh non! Nous ne pouvons pas le laisser manger la pomme! crie Rachel, mais Karine l'empêche d'ouvrir complètement la porte.

— Il nous faut un plan, explique-t-elle.

— Elle a raison, dit Sandrine. Si nous sortons maintenant, le Bonhomme d'Hiver nous verra; il prendra la pomme et nous n'aurons aucune chance.

À ce moment-là, un petit garçon habillé en pirate va jusqu'à la table, juste à côté du Bonhomme d'Hiver qui s'apprête à saisir la pomme au caramel magique avec ses doigts osseux.

— Mille milliards de sabords! s'écrie soudain le jeune pirate en soulevant son bandeau pour mieux voir. J'aime ton costume de Bonhomme d'Hiver, mon gars. L'as-tu fait toi-même?

Les trois amies
cachées derrière
la porte sont
surprises de voir le
Bonhomme d'Hiver
rougir.

— Euh… eh bien,
c'est ma mère qui
l'a fait, dit-il.

Rachel et Karine se
regardent et pouffent de rire.

— Il a l'air si vrai! dit le petit
garçon. C'est cool. L'année prochaine, je
serai le Bonhomme d'Hiver.

— Tu fais un bon pirate, réplique le
Bonhomme d'Hiver en rigolant.

Puis, sans regarder, il tend la main et saisit
la pomme au caramel enveloppée de papier
orange scintillant.

Sandrine et les fillettes retiennent leur souffle.

—Veux-tu ça? demande-t-il au garçon.

Rachel pense que le Bonhomme d'Hiver taquine le petit pirate, mais son sourire semble sincère. Le garçon est sur le point de prendre la pomme quand un gnome la lui arrache des mains.

— Je l'ai! crie-t-il d'une voix aiguë.

— Quoi? Non! C'était pour lui! hurle le Bonhomme d'Hiver.

Mais le gnome ne le remarque même pas.
Puis un autre gnome saisit la pomme au
caramel et la lève dans les airs.

— Hi! Hi! Youpi! s'esclaffe-t-il. Je vais la
donner au Bonhomme d'Hiver!

Et il part en courant avec
la pomme à bout de bras.

— Que se passe-t-il?
demande Rachel. Ils ne
savent donc pas que le
Bonhomme d'Hiver est ici?

— On dirait que non,
glousse Sandrine en
secouant la tête.

— Nous devons faire quelque
chose, déclare Karine.

— Attendons de voir, recommande
Sandrine.

À ce moment-là, le gnome au costume de Peter Pan se précipite et empoigne la pomme au caramel.

— Elle est à moi maintenant! crie-t-il en courant autour de la pièce.

Les parents font les gros yeux, croyant que les gnomes sont des enfants mal élevés. Le gnome habillé en Peter Pan ricane tout en courant et oublie de regarder où il va.

Il trébuche sur le balai d'une sorcière et s'affale. La pomme au caramel magique lui échappe des mains et vole dans les airs.

Soudain, Sandrine, Rachel et Karine voient Clair-Obscur perché sur un lustre en cristal. D'un coup de patte, Clair-Obscur envoie la pomme au caramel vers des ballons qui la font rebondir! Tous les gens essaient d'ignorer les gnomes malpolis; ils ne remarquent pas la pomme qui vole au-dessus

de leurs têtes et passe par la porte secrète entrebâillée.

— Bravo! Tu l'as attrapée! crie Rachel.

Elle regarde Karine avec enthousiasme.

— Cette fois, la magie est vraiment venue à nous! ajoute-t-elle avec un petit rire.

— Bien joué! s'exclame Sandrine. Merci mille fois!

La fée d'Halloween rayonne de joie. Elle tapote la pomme avec sa baguette

pour lui redonner sa taille du Royaume des fées.

— Je suppose que Clair-Obscur avait tout prévu. Maintenant, je dois me dépêcher de retourner au Royaume des fées pour que tout le monde puisse partager la magie d'Halloween. Je reviendrai vite!

Sur ce, Sandrine disparaît dans un nuage de poussière magique. Rachel et Karine se faufilent par la porte secrète et se joignent à la fête.

Rachel sourit.

— J'ai hâte que la dernière friandise soit bel et bien rendue au Royaume des fées.

— La fête a déjà plus d'entrain, remarque Karine en regardant autour d'elle.

Puis ses yeux se posent sur une scène inhabituelle. Elle tire la manche de Rachel et montre du doigt le Bonhomme d'Hiver qui est assis dans un coin avec son jeune ami le pirate. Ils mangent tous les deux des pommes au caramel.

— Hum… se pourrait-il qu'il ne soit pas venu à cause de la pomme au caramel magique, après tout? se demande Karine.

Puis les deux amies se regardent dans les yeux.

— Non, répondent-elles en chœur.

Elles secouent la tête et pouffent de rire.

— Et il n'empêche pas les gens de s'amuser non plus. Il s'amuse autant que tout le monde, admet Rachel.

— Peut-être que le Bonhomme d'Hiver ne voulait pas être exclu de la magie d'Halloween, suggère Karine.

L'orchestre recommence à jouer et la piste

de danse se remplit de fantômes, de sorcières, de zombies et de gnomes (dont certains sont déguisés en limes et en haricots). Rachel voit ses parents rire en compagnie de Frankenstein et de sa fiancée.

Du coin de l'œil, les fillettes remarquent qu'une gerbe d'étoiles brillantes illumine la nuit.

— C'est peut-être Sandrine, dit Karine.

Les deux amies se précipitent dehors et trouvent Sandrine assise sur une citrouille.

— Je voulais revenir pour vous remercier, dit la fée, et pour vous donner ces pots de friandises en forme de citrouilles de la part du roi et de la reine. Ils sont si reconnaissants de votre aide. Maintenant, tout le monde peut passer une joyeuse Halloween!

— Merci, Sandrine. Nous nous sommes bien amusées, dit Rachel en ouvrant son pot.

Il est rempli de bonbons de maïs, de barres de chocolat et de pommes au caramel, tous emballés dans du papier orange scintillant.

— C'est si gentil de ta part, Sandrine, ajoute Karine. Mais est-ce la seule raison pour laquelle tu es revenue?

Soudain, un petit chat noir bondit de l'ombre. En sautant sur Sandrine, il rapetisse par magie et atterrit sur les genoux de la fée.

— Oh, mon cher Clair-Obscur! s'écrie Sandrine avec joie. Maintenant, c'est ma plus belle journée d'Halloween!

Puis, la fée et son chaton disparaissent dans un nuage d'étoiles.

— Je suppose que nous devrions retourner à la fête d'Halloween, dit Rachel en souriant à son amie.

— Allons savourer le goût de la victoire! plaisante Karine. Une fois de plus, nous avons aidé nos amies les fées et il faut bien fêter ça!

LE ROYAUME DES FÉES N'EST JAMAIS TRÈS LOIN!

Dans la même collection

Déjà parus :

LES FÉES DES PIERRES PRÉCIEUSES

India, *la fée des pierres de lune*

Scarlett, *la fée des rubis*

Émilie, *la fée des émeraudes*

Chloé, *la fée des topazes*

Annie, *la fée des améthystes*

Sophie, *la fée des saphirs*

Lucie, *la fée des diamants*

LES FÉES DES ANIMAUX

Kim, *la fée des chatons*

Bella, *la fée des lapins*

Gabi, *la fée des cochons d'Inde*

Laura, *la fée des chiots*

Hélène, *la fée des hamsters*

Millie, *la fée des poissons rouges*

Patricia, *la fée des poneys*

LES FÉES DES JOURS DE LA SEMAINE

Lina, *la fée du lundi*

Mia, *la fée du mardi*

Maude, *la fée du mercredi*

Julia, *la fée du jeudi*

Valérie, *la fée du vendredi*

Suzie, *la fée du samedi*

Daphné, *la fée du dimanche*

LES FÉES DES FLEURS

Téa, *la fée des tulipes*

Claire, *la fée des coquelicots*

Noémie, *la fée des nénuphars*

Talia, *la fée des tournesols*

Olivia, *la fée des orchidées*

À paraître :

Mélanie, *la fée des marguerites*

Rébecca, *la fée des roses*

ÉDITIONS SPÉCIALES

Juliette, *la fée de la Saint-Valentin*

Clara, *la fée de Noël*

Diana, *la fée des demoiselles d'honneur*